Gonçalo Fernandes

GIZ PRETO

ASSÍRIO & ALVIM

Título: GIZ PRETO

Gonçalo Fernandes

1ª. Edição, 2024

Supervisão de arte: Carlos Renato

Dados Internacionais de Catalogação na Publicação (CIP)
(Câmara Brasileira do Livro, SP, Brasil)

Fernandes, Gonçalo
Giz preto / Gonçalo Fernandes.
São Paulo: Autores e ideias: Assírio & Alvim, 2024.
ISBN 978-65-84832-14-5
1. Poesia portuguesa I. Título.
23-184130 CDD-869.1

Índices para catálogo sistemático:

1. Poesia: Literatura portuguesa 869.1
Eliane de Freitas Leite - Bibliotecária - CRB 8/8415

ASSÍRIO & ALVIM é um selo editorial publicado no Brasil pela Autores e Ideias Editora Ltda. sob licença da Porto Editora S.A.

Contato: assirioealvimbrasil@gmail.com
@assiriobr
www.assirio.com.br

REPÚBLICA PORTUGUESA
CULTURA
DIREÇÃO-GERAL DO LIVRO, DOS ARQUIVOS E DAS BIBLIOTECAS

Edição apoiada pela Direção-Geral do Livro, dos Arquivos e das Bibliotecas/Cultura - Portugal

GIZ PRETO

INTRO

Aqui jaz nesta folia
um vagabundo em casa
um cabrito no gancho
disposto a detonar a noite
e o dia
de poente a nascente
e a ponte

ALVITRE

Não deves regar o muro
que te desliga do erro
Assim qualquer gesto seja
o estudo exaustivo
de ti no mundo e do mundo
alagado de tu seres tu

Deixa a tua missão
arrefecer um pouco
e se for preciso
põe-lhe os cornos
A tua vida terá muito tempo
para secar

Não deves regar
o perfeito tiro no escuro
mas se do teu epitáfio
te cair uma letra no prato
começa com ela
o texto do futuro

VASOS COMUNICANTES

Falo-te de um país distante
falo-te da noite de cuja ganga de pedra és o minério nativo
à distância a que se encontram os esponsais do firmamento
(pois onde te hei-de falar
se não estás onde apareces?)
Falo-te desde a copa do espaço
falo-te desde o papo da bactéria
e lá fora
surdamente
pestanejante
a realidade

no afélio

> Tenho sede de uma resposta clara como a água:
> tu ainda acreditas no sol e nas formigas?

Falas-me de um país distante
não me falas numa língua qualquer
que a tua língua é qualquer língua
a mais fina morfina deste vale de lástimas
é um telhado de pássaros imolados no voo para Casablanca
tão frontal quanto isso
tão igualmente esquiva

é eu dormir
é eu não dormir
e é eu ficar a saber o que tu não sabes!
é uma relojoaria de sal frequentada pela aristocracia amorosa
(pouco ou nada se importa com o preço das coisas) —
esse estabelecimento a que corro todas as tardes
comprar os meus valores mais profundos
e os utensílios necessários para a minha miséria nocturna:
uma vertigem anã, uma baixeza pernalta
e cem baldes de terra tão pouca para cobrir a tua falta

Pois que a língua em que me falas
não tropece nunca na minha fundamental incompreensão
para cair em uma água choca
não escorregue nunca da minha garupa surda
para cair em uma língua morta

A tua língua magnética e cantante
é a vida sem música ser um erro
e o silêncio ser de ouro
e as portas serem fechadas
e os olhos
e os ruídos produzidos por um esqueleto a constelar
é o meu desígnio ser encontrar-te debaixo de uma escama
sem ter nascido para te procurar

Aqui
sem ti
o sol já não chega às formigas

Falas-me de um país distante
onde o teu olhar é o meu entendimento das coisas
supondo traições que ninguém te conta —
os bons por bondade
os maus por maldade
Falas-me de terras podres de felicidade
falas-me numa língua qualquer
(tem a tua idade)
e é essa a tua língua, é isso a tua língua
a face que a luz molha de entre muitas faces distintas
um grande espaço entre mim e uma explosão de tintas
febril como um guindaste até à estrela do nosso desespero
e é um clarão de sonos que se enrola e desenrola ante mim
um jardim de calma a cerrar cerco a uma máquina louca

A língua em que me falas
é a língua dentro da tua boca

Falo-te de um sonho de raro vigor
arrasto-me pelos cabelos até à veiga acesa onde te posso falar
falo-te pelos dedos vidas a fio
com uma obstinação de martelo no pilão contra o basalto
até ao último fósforo de sacudir tua figura no escuro
ao lado da lixa riscada de cicatrizes penúltimas
e um pormenor doído de adeus

Falo-te de um país distante que penteio longamente
falo-te onde me faltas

com ervas baixas por fora
e por dentro
muito altas

e só no teu corpo é que eu me calo

MORAL DA HISTÓRIA

Um dia Odin muito naturalmente desceu
munido apenas de uma vassoura de giestas
e começou a varrer os nove mundos

No dia seguinte já só eram oito mundos
e assim sucessivamente
todos os mundos varridos para as frestas

Até que ficou só o lar humano
com uns arranhões superficiais na barriga
tão cálido sob a frias giestas gastas

As pessoas acumularam-se coléricas
apontando o dedo a Odin e mandaram-no
para um sítio que nem existe

OLHA

Olha
o sol
o pensamento —
só de óculos escuros
e não por muito tempo

Olha
o nada
do tempo —
deita-lhe o cuco de fora
e anda-te embora

UMA BAGA DE DEBUSSY

A experiência interior será transmitida, «ensinada», musicalmente.

AS PROFECIAS DE ABDUL VARETTI

Syrinx
feitiçaria para flauta em bosques do outro mundo
tu nunca deixas de me responder
ainda me falte o oiro do silêncio rigoroso de quem melhor o merecesse
e ter os olhos abertos para te seguir

Syrinx
depois que as molha leves no charco erógeno dos tímpanos
as pontas dos dedos de Pã
parecem adivinhar sempre o que penso e esconjurar o que não quero

Syrinx
de todas as vezes que o teu uivo só e breve passa arranhando-se nas silvas
sempre o mesmo eco nocturno e claro preenche a fronha da minha alma
transcrição exacta da vida eleita
antes de sentenciada

Syrinx
solidão amada é solidão desfeita
e com que doentia persistência mais mo lembras
quanto mais o ocultas entre as folhagens suadas do entendimento

Syrinx
tu és a anedota assombrada da qual só hierofantes riem
e o teu corpo com amor violentamente desalojado da árvore materna
vem de quando em quando descerrar as galerias de alguma história
        antiga
arejar as águas-furtadas dos manes que nunca dormem

Syrinx
segredo da mariposa a cavalo num carrôcho
escrínio modesto e tosco da incalculável flor do ar da noite
bom dia e obrigado, e Pã te dê beijos por mim

LOTAÇÃO

Estão cada vez mais cheios
os ecrãs cada vez maiores

Estão cada vez mais pequenos
os ecrãs cada vez mais cheios

Estão cada vez maiores
os ecrãs cada vez mais pequenos

Estão cada vez mais cheias
de focinhos as manjedouras vazias

SONETO

Uma hedenbergite no lodo
um riso nos pulmões
e tintura de iodo
para tirar as emoções

Uma labradorite no cedro
jardins nos corações
já pareço um poliedro
tantas ternuras me pões

Um fibrólito nas virilhas
como cercadas são as ilhas
de castigos e perdões

Um diópsido nas quilhas
abrindo águas nas milhas
até ao país dos anões

A LÂMPADA ENTORNADA

A linguagem afastar-se-á do consenso, e exprimirá
o desejo e a imaginação.

AS PROFECIAS DE ABDUL VARETTI

É-me tão querido o teu nome
diz-me tanto — não tudo, mas alguma coisa —
que nem será por certo uma palavra
mas uma teia de aranha arrastada pelo vento
e no entanto que coisa tão parecida com uma palavra

Está tudo escrito
tudo está escrito
menos o teu nome

O sono é escorregadio, o sono é franco e esguio
e o meu amor atravessa um túnel peludo, luzidio

Nada está escrito, minha terra oscilante
minha capela menina, minha peça de fruta azul e vermelha
quase distingo os planos de lacunas entre as esferas de sílica da opala
(ui! bravo, ó bardo!)
minha ventania às pintas e minha paz de árvores de fruto
régua da minha aparente ausência de lógica e minha febre azul

minha madeira quente para sentar as mãos
quase vislumbro a estrutura secundária do caule de tília à vista
desarmada
(bravo! bravo, ó parvo!)
meu caminho de carne às curvas para a aldeia da infância
com pezinhos de beterraba branca e não sei quê
minha caligrafia primeira, corada e deslizante, e futura

Nada está escrito se não há escrito o teu nome
bem ao fuso do tornado de vidro
e fui eu salvar a nado de um naufrágio digital este pergaminho
cuja sentença me condena segundo qualquer legislação

Não sei quando nos conhecemos, meu vitral queimado
ainda estaríamos em construção
evento que será de ora em diante brasão do meu afecto
pintura cega da razão e lanterna da minha razão
meu mapa todo riscado

Das suas barbas frondosas esvoaça a borboleta
para se ir alojar no pentágono preferido dos nossos planos
húmida de glória e de conquista

Lembras-te quando andávamos na escola
o giz era preto

e em todo o caso, contrários do esperado
ao invés de abjurarmos em definitivo toda a comunicação

largámos a flutuar a sua probabilidade à tona disto tudo
(em nós)
como se isto tudo não fosse tudo isto —
que inconsciência, que inconsistência, que estranha fé

O teu veneno —
pudesse diluir o meu amor num veneno mais saboroso
fechava já esta boca que a carruagem atravessa
(não sei se vem, não sei se vai
não sei se entra, não sei se sai)

A minha mão voltou encharcada do teu leito de jaspe
volveu ao pulso visivelmente emocionada
conheceu sua nascente, diria
parece ter saído à pressa de um fresco da Capela Sistina
minha mão lisa como a manhã
oclusa como a tarde
clara como a noite

Em teus olhos teus se rebuçam os segredos que cobiço
e uma ternura pueril
como dois rebuçados à sombra de um beijinho
com desvelo desvelando a bala destilada na ânfora dos sentidos
um deslumbre descalço, uma frota calma nas costas
e como ornamento final uma pequena planta, frágil como tu
chave que abrirá os melhores salões dos deuses

Coxas, pão dos sóis acabado de sair do escuro —
quando te cheiro é um crisoberilo que me vê
só quando te vejo alcanço não ser visto
noctambulando provavelmente na direcção de não sei que legume
fogoso

Tomai em vossos dedos, ó grandes arquitectos, a desfaçatez
de desenrolar esse horto como uma prosa incandescente
onde possamos colher consolo para as nossas febres
estender a secar os nossos desastres

Recordo em teu seio o hálito dos astros (nunca mais me largará)
recordo o hálito e a roupa branca dos astros
(julgo que ainda me serve)
recordo a roupa nua dos astros
que é para te ver melhor, grão-germe do bom dia espreguiçado
muito distinto de tudo no vácuo
tão depressa amplo, transfigurado no ascensor sereno
que tomamos ao longo do pescoço do crepúsculo
com um saco de olvidos vagamente familiares ao canto
a espreitar
como quem tem uma espécie de intenção soturna

Nossas cidades o dia torra, minha letra verdejante
minha composição com rosto de susto de lavandisca
até que só resta mijo
e merda

logo hoje que ia dar o eclipse da pandeireta na televisão do céu
cuja transmissão de qualquer modo tencionávamos perder

Tudo está escrito, minha notícia do dia, minha absurda flor espantada
Nada está escrito, meu frasquinho de feno destapado

Vinte anos de corpo
e num segundo
areia

BUNKER

Um enclave no subúrbio
bazar chinês
piso menos um
santuário da tranquilidade

O MISTÉRIO DO RISO

O riso é soberano
soberana convulsão

Rir-me é comer-vos
abrir-vos favos
escavacar-vo-los
é sebes frondosas vedando o acesso à retrete

Debaixo de em cima deste solipso desdém
o enigma não comparece à mecânica
mas à bizarria da manifestação
Uma ínfima singularidade mnésica
um acidente no domínio numenal
e trrim:
pólvora florescida
suspensão do funcionário
extraterrestrialidade
faróis tímidos na peugada do sofá
e trrim:
este jovem esquilo impecavelmente vestido
desafia-me para uma partida de ping-pong —
o desplante!

Ser jovem é rir-se
e rir é acordar

Foi, é o meu bordão

Ah!
guilhotina esbelta do momento!
ah ah!

Vou deixar estragar-se esta cantilena
tem gangrena
está mesmo a berrar

Mas que berre
pois não aprendi peva
nem sequer com Baudelaire

Rir-me é comer-me com marmelada
entaramelar-me zebra desventrada o dentro
e sacudir o cisco

LEITURA DE STEFAN ZWEIG

Uma guerra planetária deprimirá a humanidade actual. Depois o homem, envergonhado, conhecerá o horror dos ídolos.

AS PROFECIAS DE ABDUL VARETTI

Fracassaram aqueles que ousaram
seduzir o viço perfumado do cravo vermelho

Enganaram-se aqueles que julgaram seus
o asseio puro e a santidade natural do cravo branco

Falharam ainda aqueles
de quem escapou o azul escorregadio do lóio azul

Para trás deixaram
os lóios e os cravos
grandes espaços negros sem cheiro
nem humanidade

Com que esplêndida envergadura
se alçam já das lamas os seres imperfeitos

CRIME DOMÉSTICO

Meu gato dormia e eu via
Afiei saboreadamente um susto
e decepei o intremor da tarde
Achei-me assim mais justo

Tenho sangue nas minhas mãos
o sangue do sono augusto

CHEGAR PELA PRIMEIRA VEZ

Esfreguemos aladinamente o vidro da infância até que possamos ver
vejamos como vê um astro, um músculo, um cão
vejamos como Um Outro se estende fisicamente
nas areias cremosas da imaginação

ANTES DO CAOS

Antes do caos não havia hora de ponta
isto devia-se obviamente ao grande flagelo do desemprego
do qual sobrevinham enormes alegrias e perpétuas laranjadas
como é natural
Também não havia a vertical vala comum do sono
tão parecida com um armário onde se guardam calhaus e sopro
corpos que já não prestam
O trânsito ainda fluía com alguma decência
fosse trânsito lá do que fosse trânsito o trânsito
Não havia a escolaridade piedosa
nem a contrariedade arenosa entre os dedos de cócoras
nem calendas nem
ultrapassagens
e também ainda não havia caldo de galinha
o que de resto seria pouco para bufar loas ao progresso
nem pensos policiais para papoilas
nem caras com dez metros quadrados
nem cliques claques clocks insónias
Wile E. Coyote Homer Simpson Buster Keaton insónias
Não havia sono não havia sigilo nem Austin Osman Spare
nem tentações para Santo Antão
nem almoço para os filhos de Matusalém
só o chão do luar
havia a terra do luar e a carta mais baixa jogada sobre a terra

do luar antes do caos sobre a terra branca e amor sem pergunta
sem decifrar a caligrafia em que ia sendo escrita a história
na longa tábua desprevenida nos cadernos da lua nas praias e na
chuva
Antes do caos estavam os corpos e o rio merecido
e havia cardumes felizes tão propícios à liquidação
e bem que era cruel o que andava à volta
o que não significa que fosse pior
nem sequer que eu o tenha testemunhado
Mas antes do caos havia fruta pendurada
não dos tentáculos de Deus mas dos princípios aromáticos do mundo
porque havia a poesia grande
e um gesto muito breve um raio partia a montanha ao meio e nós
continuávamos humanos até um não acabar de teimosia humana
até fazer sangue
a friccionar conceitos corpos rodas grafite e as chaves do mar
só roseira ríspida e rocha rebentada no mar e raiva
mas também marmelos à janela dos astros todos somados
não obstante o motor genérico de tudo passar
por cima do nosso nome
por cima da nossa hipócrita ideia de salvação
a que hoje se chama orgulho ou a grande cagada familiar
Antes do caos ninguém se via de repente a nascer pegado a um nome
e ao nome de um país que lhe deixasse o nome de boca aberta
surdo
como um búzio
como o nome do búzio
Mas antes do caos terraplanavam já sol e lua consumavam
se juntavam ao enxoval da nossa estreia

porque apesar de uma certa tendência para a verticalidade
do horizonte da noção
de horizonte
havia tantas portas à nossa volta ruas tão doces tão fluentes
não que existissem ruas ou mesmo gente e doçura
e nada disto significa que fosse melhor
nem sequer que eu o tenha testemunhado
pode ser até que depois do caos alguém
oh
bah

HAVE A LUCKY DAY

Ah dragoeiro milenar
testemunha do olvido
que nos grossos dedos seguras
as constelações da sorte

no dia em que chegue ao fim
o dia em que me queres bem
não vejo que ouvido
me adivinhe o dedo

que dedo de lembrança
jogue por mim
a lasca sanguenta e feliz
contra o ás do medo

OS HOMENS RAROS

1. Aquele que ninguém ama
é um homem

Aquele que ninguém vê
é um homem raro

2. Talvez te apraza saber já que no último dia do mundo
em pleno apocalipse e bem ao centro do cataclismo
serás na rua o homem do carrinho dos cachorros quentes
e decerto te alegrará nunca teres facturado tanto antes!

3. Seja o espírito do raro leitor
do mesmo calibre que o de Mel Blanc
(vide Looney Tunes)
cuja lápide se nos dirige nestes termos:

that's all folks

Escutá-lo-íamos repetir o epitáfio
centenas de vezes em vida

(vide Looney Tunes)
mas ainda não era a sério

nem a brincar

A brincar e a sério
só no epitáfio

4. São uns cabrões rijos
os homens de gengibre

não têm partes moles

5. E mais que produzir alguma poeira
dar com o perigo nos dentes da asneira
esquecer o corpo na rotação das hélices do desejo
onde o corpo ainda serve para deixar tudo numa bela porcaria!

Era fiel a este modus faciendi
o homem mais raro que conheci

6. Não podemos garantir que os gigantes
sejam homens solitários

7. Cento e um por cento agnóstico —
proveitoso cento a mais
com que se deleita aos esplendores
e inverosimilhanças da Criação do Altíssimo

8. Perguntai ao cego
desassombradamente
qual a cor dos seus olhos

9. Que fará a outra mão desse homem de ferro forjado
que deixou pendurada do lado de fora da porta
uma mão de aldraba tão sinistramente pronta
a bater à sua própria porta?

E quando à sua porta não houver
ninguém que lhe possa topar as costas do punho
irá pé ante pé sequestrar
o pelicano da custódia da Sé?

10. As mãos de Conlon Nancarrow
estacionadas no seu mister

Prenda preciosa da ventura
Nancarrow não ter mãos de pianista

11. O vendedor de castanhas cuida que só tragam boas verdades
as folhas dos jornais transformadas em cartuchos

12. Com que então a curva branca sobre fundo negro
a que se chama pensamento
diz André Breton (abusivamente, que é como se diz tudo)

Pode ser

O meu (pareceu-me)
ilustrou-o Harry Smith de forma total, precisa e definitiva
em Heaven and Earth Magic

É a mesma coisa

13. Os homens de dogma passariam por homens vulgares
benditas não fossem suas esposas ditosas
que longe das suas vistas se acocoram entre as ervas
pondo ovos
Fabergé
lindamente
como se nunca tivessem feito outra coisa na vida

Timeo hominem unius libri
timeo hominem unius libri
timeo hominem unius libri

14. Morre cedo aquele que vive no futuro

15. Os grandes méritos e conquistas
pertencem aos discretos —

os grandes méritos e conquistas
e mulheres raras

16. Não cabe aqui
não é caso assim tão escasso
o apetite pelo fracasso
de Katie Lee

17. E porque o amor não é isso
não há flor que vos cheire

E porque a vida não é por aí
nem há tigre que vos siga —

grunhiu o calmo ermita durante o seu breve ermistício
sem dúvida o homem mais profundamente revoltado
poeticamente o mais lúcido e também o mais discreto
com quem alguma vez tive o prazer de me cruzar

Quando recolhia à sua toca
chupado-lhe da cara o último pingo de ingenuidade
murmurou para fora do estádio:
se não fosse o dinheiro
era outra coisa

Uns perceberam uma coisa
outros perceberam outra

18. No espírito de um homem asseado
a contradição é a alma da coerência

19. Fantasma em ponto
depois das seis
no edifício principal da Casa de Saúde da Idanha
junto ao bar que acaba de fechar:

a mesa de ping-pong

20. Acaba o teu cachimbo, Harry Partch
tu não passaste

O MISTÉRIO DO TEMPO

Muitos séculos espirraram
a luz da rosácea no vão
Outros tantos cantarão
sobre o galho do estorninho

Muitos séculos já passaram
sobre os séculos que virão
Outros tantos passarão
pelo mesmo passarinho

O GRANDE TEMPO E O PEQUENO TEMPO

Não se falará sem vergonha do velho tempo. Discutir-se-á de preferência o amanhã quotidiano.

AS PROFECIAS DE ABDUL VARETTI

Um furo no Grande Tudo de ar comprimido
é o que é possível ser-se neste tempo, a Era Despovoada
uma laranja negra sobre as imensas pálidas planuras
compósito das forças, renascimento, sincretismo de poderios
um rio, dois rios, três rios, mil ondes para um lugar

Nada cabe no tempo que nos coube
porque nos põe fora de nós, porque nos põe dentro de nós
nessa janela doente que dá para todas as outras
com beijocas de aragem calma sobre manadas mortas
num berço vigiado por morcegos
pejado de intestinos de mistérios, raízes, putas mortas
vindos todos alisar o mundo

Por favor, não mostres esta época a ninguém!

Mostra antes uma praia a um navio cansado
assim haja onde a ficção do tempo não triunfe
hora do recreio a vida inteira

planetário com a casca rebentada de Zéfiro a Eurus
de Bóreas a Nótus
o que qualquer tempo merece —
o planetário ao relento
a praia
o vento

Se nem o futuro que todos os dias desce a rua
te deixa mais debaixo da porta as suas potentes promessas

Talvez o tempo não saiba destas suas páginas brancas
que ainda assim o amor desmente
e a infância corrompe

não adivinhe ainda sua viuvez
quando há muito se encontram sepultados nos porões do deserto
seus relógios miudinhos tão assim abrandados
diluídos na brancura dos olhos cegos
olhos cegos de sinceridade
cegos de sabedoria
de amor
de luz
e de inocência

Fodeste-nos bem, Greggery Peccary
seu porcalhão!

Talvez o tempo não saiba verdadeiramente
naquela cara de projecto megalómano e mudo

que já a gota mais pura, a mais límpida
se mistura com simpatia no ruído do oceano
e entre duas lamelas finda
esmagada entre dois instantes
a marcar o centro do Universo

Eu te saúdo, velho oceano!

E eu te saúdo, grão de arroz, Enciclopédia do Cosmos
Omnia in unum (every string has every note)
Eu te saúdo, ápice, Grande Biblioteca do Tempo
Hen to pan
Que seria do Grande Tudo sem os pequenos nadas?

Muitos séculos passaram sobre os séculos que virão
agora mesmo, agora mesmo
e de mãos lavadas

Um ponto livre
um ponto vivo
pelo branco
pelo negro vivo
atravessou o lombo negro do dia
e bebeu vinho comigo
ainda que um ponto sofrendo
deslocação
fique outro
mas bebeu vinho comigo
e a sorte foi minha
dado que um ponto mais se afeiçoa
a outras convivências
mas bebeu vinho comigo
descansou um pouco
um ponto a mais
e pronto
deslizou para dentro
da floresta
sem sujar nada
sem salpicar as vizinhanças
infinitesimais
despido
de cerimónias prandiais

só ponto ébrio
só uivo comprido
a que faltassem o uivo
e o comprimento
sem lastro nem cheiro
muito noivo de si
da sua concisão
através do nevoeiro
menos de protozoário
que é menos que grão
que é menos que nó cego
(e o nó cego é um pouco aquilo
que nos obrigavam a fazer
à cintura do f minúsculo
logo nas primeiras aulas
de caligrafia
muito antes de nos abrirem
a pequena porta
desse divertido continente
da pontuação
mas perdão
divago
desvio-me do ponto)
raro deveras
deveras ruivo
debalde o rego
porque um ponto é o ponto
nada a fazer
de condição imberbe

por definição adimensional
miraculoso e bastante
assaz excelente
quando impávido e sereno
sobre brasas e espelhos
forrado a conquista
se arroja promessa
de ervilha carismática
ou primeiríssima peça
de princípio de chão
um ponto vivo
amputado de concretização
um ponto livre
todo amputação

DOPPELGÄNGER & DOPPELGÄNGER

1\. Se eu um dia me encontrar na rua
estou absolutamente convencido
de que um de nós cairá redondo

Condenado aquele que dos dois fique
à tortura perpétua de ter que viver
com essa memória por baixo da tampa

2\. Se eu me tivesse conhecido há mais tempo
talvez pudéssemos ter sido felizes juntos
dividindo penares, azares e agruras por dois
amando, comendo e bebendo por dois
um pondo no outro bálsamo de tigre nas dores
um limpando ao casaco do outro, sem cerimónia
as mãos com que acabara de estripá-lo

BASTIDORES

Atente-se neste homem
mergulhado em caldo manso
privado de quaisquer experiências vitais
e como sonha sem elas nos bastidores da vivência
pelos vastos prados benignos da inocência
que à volta do valado se espreguiçam
até dobrar o horizonte do nada

como seu sonho toma a forma da pá que escava
em redor do castelo de areia
e depois por baixo
até deixá-lo a flutuar
já sem praia
já sem mundo e sem perigo
já sem mar

Nascera entre dois foles
mas cedo deixaria marcada para as calendas gregas
a sua grande viagem
aos famosos arquipélagos submersos do amor

Raramente suas mãos saem do covil
para as luzes felizes lá fora

onde se massaja os trapézios da vida
e depois as costas
e o rabo
não já da vida
mas de um plano falhado

Com que desnudo requinte sonha e goza
à porta do bordel das recordações criadas
e nas redondezas sem fim

antes
aquém

lá fora
no jardim

no espaço mais puro e calado da vida
arrabaldes de centro nenhum

Um breve folgaz susto de criança
sorveria do nosso herói um arbusto — chumbo basto
para pesar com rigor essa mala
onde transporta tanto remorso

A AUTORIA EM DISCUSSÃO

Se vamos começar a mandar as mãos
inventariar todos os nossos mestres
que ao seu vasto legado eles somem
as vinte e quatro horas de todos os dias
a que consagremos as nossas averiguações
para nomear e agraciar aquele e aquela
a quem primeiro escutámos a palavra queijo
ou noite, carneiro, esboço, briol, cemitério

CÁBULA DE ETIMOLOGIA UGARÍTICA

Dêem-me todo o espaço
estarei eu nas minhas sete quintas

Tirem-me todo o espaço
já eu terei as mãos limpas

Devolvam-me todo o espaço
voltarei com as mãos às tintas

Levem-me todo o espaço
pois vir-me-ei nas bimbas

EPIFANIA COMANECI

Nas Olimpíadas realizadas em Montreal no ano de 1976
os júris das provas de ginástica em barras assimétricas
e o resto do mundo (excepto os placards electrónicos)
por várias ocasiões consideraram desprezáveis
todas — mas todas! — as máculas naturais e terrenas
de Nadia Comaneci

O próprio Movimento sorriu pela primeira vez

Metade do Tempo gelara de comoção na barra superior
de punhos fechados sob uma intocável verticalidade
quando o Tempo Restante efectuou a sua saída pela paralela
sem mãos
a voar

Foi a última vez que o Movimento derramou uma lágrima
e essa lágrima não era de ouro
mas de água e sal
como as lágrimas humanas

Foi em 1976, nos Jogos Olímpicos de Montreal, Canadá
Menos de um minuto de Nadia Comaneci
a sós com duas barras paralelas assimétricas
e o resto é paisagem —

o século

ALUCINOGÉNESIS

Duas virgens liliputianas
em rebuçada língua poisadas
brincando às primeiras carícias
da primavera

caladas
molhadas

isentas

Suas mãos
minúsculas mãos belas
levemente cinzentas

Vejo alongar-se nelas
uma linda flauta azul

VOLTAS A MOTE DE HENRI MICHAUX

Levem-me
ou antes: escondam-me

Beijem-me
aliás: abracem-me

Matem-me
quer dizer: deixem-me ficar velho

Reguem-me as folhas
ou melhor: eu espero pelas chuvas

Ignorem-me
ou antes: esqueçam onde me esconderam

Chamem-me um táxi
aliás: ponham-se na rua

Sonhem comigo
quer dizer: deixem-me sonhar convosco

Selem-me a boca
ou melhor: deixem-me acabar esta carta

Escondam-me
ou antes: levem-me

INTERLÚDIO

Se a merda é
como um poeta disse
a única coisa
que não se pode conspurcar
e se do organismo de um poeta vivo
como quase disse outro poeta
se liberta matéria
de acentuado mau cheiro
poderemos então arriscar
que a poesia
é merda
e mesmo defender
que deveria ser escrita
exclusivamente
em rolos de papel higiénico
quer pela sua forma
quer pela sua natureza
mais lembremos
que para limpar o cu
um quadradinho não chega
e a prosa
se calhar é demais
mas não se dorme destapado

HOMENAGEM A ZENÃO DE ELEIA

1. Passara a manhã toda na oficina
pintando de arrebol
a trombeta de Gabriel

Foi avistado à tardinha
revestindo de lápis-lazúli
a trombeta de Torricelli

Findo o trabalho, já de madrugada
a trombeta transbordava
de suas lágrimas póstumas

2. O que é mortífero na bala
é o seu desmesurado comprimento
e a sua miraculosa longevidade
disse Zenão

Milénios mais tarde
Laurie Anderson levantou-se
e replicou: não é a bala que mata
é o buraco

Nunca ouvi falar
de quem tenha sido atingido por um tiro
disse Zenão

e era verdade

3. Ao ver adiado o inadiável para nunca
Aquiles senta-se na pista em protesto

É então que a tartaruga
se coloca decisivamente em fuga

FOLHA DE SALGUEIRO

As crianças chamar-se-ão crianças, e os adultos crianças evoluídas.

AS PROFECIAS DE ABDUL VARETTI

Foi preciso chegar a esta idade
e ter atravessado o tempo antigo —
tão antigo que um escaravelho se arrastava pelo deserto
cheio de sede
chamava-me eu Orgo então
e lançava punhais à Mulher Tatuada na roda
nesse tempo
tão antigo que era eu um deus abastado
em provisões de paciência nesse tempo
e com uma pipeta modesta ia enchendo de mar a estepe
nesse tempo

Nesta sua humilde folha
sorria o jovem salgueiro

Dizia eu que foi preciso chegar a esta idade
para perceber que a idade adulta é uma sombra
duma poeira duma marca dum
vulto duma lembrança dum vestígio

duma promessa duma pegada duma
mancha dum indício duma ameaça
dum pesadelo duma sala de espera para sempre

ou a hidra com as suas sete cabeças
na ponta dos seus sete braços
sete cabeças que os passos me espiavam dos espaços

Oh
cadê o jovem salgueiro
que nesta sua folha sorria?

Foi preciso chegar a esta idade
para perceber que na minha história
não havia à minha espera vida oficial e colectada
nem sequer competente —
fosse lá o que isso fosse —
mas esse oásis onde se banham
as sereias de água doce

7

Sempre me pareceu que aquele rapaz gordo e feio
com quem trairia o amante predilecto
a mulher que Sá-Carneiro queria ser
(para se poder recusar)
seria justamente ele próprio, Sá-Carneiro
o que complicaria tudo ainda mais um bocado
e para além (de azul) de deixar tudo num oito (deitado)
nos levaria a esta sensação ainda mais mimosa
de estar limpando a boca ao guardanapo
junto ao pilar da ponte de tédio
que vai da doença à colher de remédio

INSURREIÇÃO

Procurado pelas autoridades policiais
por profanação da bandeira americana
o furacão Florence continua a monte

ANATOMIA DO CATIVO

Entre Deve e Haver
não há nada além
do que tem de ser
não há quem

Nos joelhos semanas de candura
e preguiça agoniada nos cotovelos
no pescoço dedadas de pesadelos
e fundo um peso preso à cintura

Na bacia um ir andando para matar
e no plexo solar este vir para morrer
no sexo o prisma na ficção de te ver
oh carne alguma o mar a esmo vir salgar

À esquerda um punhado de tédio
à direita um fumo sereno
numa mão o bem do veneno
e na outra o mal do remédio

O sol oprime a pele que oprime
no Reino do Ócio já passa das dez
um gato aquece-me os pés

Na testa heróica a arma silenciosa
pelo queixo o dilema de uma rosa
malmequerido já no calcanhar

Mil remorsos na nuca ruidosa
na omoplata a seda de uma prosa
e na barriga o murro do azar

Entre o tecto e o chão
passa o inverno
e o verão

RISQUINHO OBSERVADO À LUPA

A vida
não é
um caminho
um resultado
esmagado
de um lado
pela escolha
e do outro
pela sorte
mas o lugar
grande
e variegado
onde as ondas
ondeiam
livremente
e os comboios
descarrilam
acidentalmente
e as linhas
alegremente
descarrilam
e um homem
espreita
por todos

os poros
o lugar grande
a terra florida
o moinho
de sombras
a terra minada
onde as flores
rebentam
e os homens
rebentam
o lugar grande
onde o homem
foi
ou não foi
equacionado
e vive
ainda que
empurrado
de um lado
pela escolha
e do outro
pela sorte
sobretudo
maior do que
a compreensão
disso
como se
o sentido
da vida

fosse apenas
coleccionar
as peças
inumeráveis
desse todo
tão grande
que tamanho
não tem
mas enfim
talvez te fosse
mais útil
outro risco
que não este
que encontraste
esse outro
que existe
num sítio
tão neutro
como aqui
e desvenda
que alavanca
deves puxar
para acabar
com tudo

UM MAPA PERDIDO

A mais bela forma de ser será a preferida, depois que os homens reconhecerem seus tiranos, no interior de si mesmos.

AS PROFECIAS DE ABDUL VARETTI

Rara especiaria, a falta de ambição
(abnormalia, aberração)
feto do nosso acontecimento
verídico e sem mácula
sem miragem de tesouro
e — pasme-se —
tão eficaz como qualquer outro!
desviado que nasceu
agachado desde parido
para fora da possibilidade do soco
de vitória

E se isso não chega para refrear
nem o óbolo da justiça
declare-se simplesmente não fui eu
estava fora do país
apresente-se as provas
(bilhetes, talões de reserva, etc.)

e adeus!
(um mapa perdido
em que mapa se procura?)
que o tempo voa
e sem sonhos a vida é grande

GRANDE NÚMERO

1. Hoje celebro pela primeira vez
o aniversário da minha mente

Já mandei embrulhar
em pele de dinossauro
um planeta bonito e cortês
para lho oferecer de presente

2. A ilusão da presença do gato
a ilusão da ausência do gato
a ilusão da presença do
a ilusão da ausência do gato
a ilusão da presença do gato
a ilusão da presença do gato
a ilusão da ausência do
a ilusão da ausência do gato

3. Relógio
centrifugadora da eternidade

4. Chove quando ligam os aspersores
chove dentro do frigorífico em repouso
etc. — chove sempre
se acertámos o ouvido pela chuva

5. O dia é o trabalho
o dia é o barulho

O dia é o baralho
a noite é o mágico

6. Ao redor do buraco do olhar
o Universo inteiro conspira nefando
em favor da preservação desse quê
de indefinido halo onde e quando
que cinge o buraco do olhar
onde pois finda desraiado o que se vê
e do vago limbo incógnito principia
o invisível a espraiar-se como um mar

7. O mel é ouro preguiçoso

8. O maior fiasco das bilheteiras
continua em exibição
em todas as janelas do país

9. Eu te celebro, pedra coitada de interior interdito
porque para te botar o olho dentro te parti ao meio
e porque uma pedra partida ao meio são duas
forradas ambas
pelas inevitáveis partes de fora respectivas
Condoído te celebro, pobre pedra irreversível
porque tardo bem me sabes e gorado me conheces
como eu te conheço gorada
e porque nestas circunstâncias — de pedrada imensa
de anfíbio sentido —
ilusão desfeita é ilusão intacta
e uma pedra partida ao meio
é todo o meu coração

10. Os pardais enfileirados no cabo de electricidade
soletram a única palavra legível nesta cidade

O SONHO DE POMPEIA

Que sonho, Sofia
uma cidade toda em plasticina
que melhor se fosse acomodando
aos trabalhos e preguiças do dia

Que sonho, Catarina
uma cidade toda em gelatina
com colheres metidas nas paredes
ora espalhadas pela praça devorada
onde repor a penedia

Que sonho, Susana
uma cidade toda em algodão
que acordasse sempre outra
da noite para o dia

Que sonho, Joana
uma cidade toda em esponja
onde num pestanejo
a tua morada se mudasse
para a da minha alegria

Que sonho, Andreia
uma cidade toda em borracha
que ajustasse as suas curvas
às tuas, Sofia

Que sonho, Pompeia
tu saberes quantos nomes
de raparigas bonitas
cabem numa cidade vazia

A MUSA QUE SE MEXE

São minuciosissimamente rigorosos
como gestos de marioneta
os movimentos da minha ninfa
escassos mas graves
como no xadrez

É fruto do trabalho de um século inteiro de mariposas
cada seu movimento-os-meus-olhos, filete por filete —
a finalidade de toda uma geração de lâmpadas
a grande obra da mais longa dinastia de morcegos
etc.

Para o primeiro gesto da minha preferida
foram necessários uma primavera e setenta e três invernos

Para o segundo
tarantelas, bruxedos
e a sangria de vinte mamutes

O terceiro veio às peças
em quinhentos navios de carga

O quarto e seguintes
custaram-me a razão de só em mim haverem seus
e eu já não saber o que é um movimento
senão todos menos os meus
tudo —
um

Um carinho imenso

Sua Majestade o Desinteresse
manobra o fole indivisível desse acordeão sem fim

MINHA VIDA

Minha colmeia de seda meu sorvete risonho sob investigação
minha sesta dos deuses minha sesta dos homens e dos animais
minha broa do faraó meu lago de santidade meu bolor intacto
meu pau minha panorâmica sobre maternais florestas minha corneta
meu pão clandestino minha cidade bicuda apontada aos anjos
minha dentada na cavilha meu par de olhos solicitamente diáfanos
meu acordar marciano minha castanha para pôr no sítio vazio
minha hora olímpica meu crude fictício minha hora de hera
minha coluna grisalha ao centro da praça meu esgoto propício
minha jura fresca nas bandeiras do calor minha boca estreita
meu grito de corda ao léu minha suavidade acariciando os golos
minha última gota na taça transbordante da esperança minha túlipa
calma
meu inventário de fenos do caos da noite meu odre de vírgulas
aflitas
meu país cheio de rugas meu forno minha gruta de cinzas raras
meu rebuçado liso meu rebuçado franco minha flor constante
minha besta saliente minha besta coroada minha besta querida
minha tarde comprida minha colecção de lâmpadas vencidas
minha mancenilha de cinzentinhos a ladear o caminho minha
balbúrdia
minha mordedura quente nas regiões inóspitas do sono
meu piolho no telhado do meu prédio meu eu abraçado a fofos
cismares

minha foice fendendo espantada as mil e uma metades da mente
minha braçada de algas ofegantes minha cratera de nabos para
arrancar
meu castigo minha pilha breve algures na minha pilha de brevidades
minha procissão de elefantes cordatos minha ferrugem sem querer
meu pintainho imbatível minha ferrugem luminosa minha estatueta
minha cama sobre os montes minha alameda escorregada da infância
minha doçura fatela meu guizo de limos meu limoeiro solitário
minha tangente ao torvelinho meu chão de estudiosos escaravelhos
minha praia sem boca meu planeta sem estradas minha poeira
ridícula
meu resto de candeeiro erodido minha vadia acumulada nas bermas
minha aurora espalhada nos desertos meu tão susceptível gelo ao
cubo
minha bravura sacra minha brisa asseada na testa gasta
meu queijo da ilha sempre tão parco de informações pertinentes
meu número da sorte meu ofício minha bolota da sorte
meu boletim de aventuras meu verbo de gesso encarnado meu peixe
meu semear pérolas e luzes caixinhas de riso e cores
minha casa aleijada minha urna à paisana meu urso grande
minha amiga lua contra a minha hiperestesia minha guelra
meu átomo filmado longamente a atravessar paisagens
meu rasto firme e definido meu rasto que segue adiante
meu sol meu solzaço azul meu rasto de pepitas agasalhadas no estrume
meu tostão sumido no verso com que o mundo se enforcou
minha couve infeliz meu baú de fadas mortas meu tecto penteado
minha ampulheta de sílabas enevoadas minha silhueta de ampulheta
minha silhueta florida de pedrinhas saborosas minha grilheta contente

minha brusca grilheta moída meu caleidoscópio de ampulhetas
minha frota de asteróides lentos meu pó de relógio óbvio
minha tesoura da noite meu desgosto com sexo de sabonete
meu cabaz minha horta de cacau minha colheita de túmulos
minha horta de jóias do espaço e lindo traço dourado em mapa nenhum
minha dispersão imparcial e promíscua meu buraco do tamanho da cara
minha rapsódia nova meu ninho de espargos meu berço maldito
meu vidrinho de sal minha detenção violenta meu nome mal escrito
minha limonada principesca nos verões ensurdecedores
meu não sei quê quotidiano minha orelha de lã nimbada e bocejante
minha desmiolada gazela dos mares desaustinadamente pelos mares fora
minha febra madura meu arbusto carnudo minha escama vogal
minha emboscada meu mistério tricotado na renda de bilros do poente
minha misericordiosa carnificina meu fim meu rebento meu rebentamento
meu binómio viagem-repouso minha carroça de amor-gás
minha faca-lágrima meu balde-socorro meu instante-escalope
minha chave perdida aos poucos pelos astros meu princípio a lixar-se
meu veneno entornado no mapa minha sopa minha borboleta religiosa
minha escadaria com degraus que se desfazem na subida
minha escadaria recomposta na descida meu pescoço de pudim
meu aqueduto salgado meu bicho de pó de talco fugindo entre os dedos
minha foca impecável na banheira do meu peito meu melhor proveito

minha ilha rebocada minha ferida brilhante tão promissora
meu interruptor de luas meu barco magoado meu alvo alvo
minha ligadura para tratar o sopro minha batedeira de silêncios
meu harém de rolhas de dias felizes meu exemplar inferno imperfeito
meu osso para mexer as estrelas no caldeirão do ódio
minha linda sereia descamada minha árvore quadriculada
meu ramalhete de belas verdades minha alma olhos cor-de-criação
meu fóssil do ir meu exército de acagaçados cornos azuis meu ir
meu rio furioso que sai do coração minha botija de bondade
meu nevoeiro com saudades dos rubis minha encantadora betoneira
meu carro extasiado minha laranja azul-alface cambalhotiça
meu caroço do enfado meu berbequim de cabelo minha noiva
minha parede arreliada no aposento real meu beta nefelibata
minha gata aveludada minha cascata despida meu frigorífico
meu sabre de repolho adolescente meu alçapão decrépito
minha passagem pelas temporadas árduas minha granada perfumada
minha granada de música meu ânus minha carta impura
minha proibição minha razão fulminante minha razão furada
minha labareda nua meu não meu vagão de corais e entranhas
meu baloiço insuspeito minha mão absolvida no bolso gritante
minha chuva de estrelas meu golpe no dedo crástino
meu tijolo minha lustrosa lontra esquiva minha auréola nuclear
minha assembleia de lagartixas meu telefone de pedra minha pedra
meu quadrado de chuva minha curva meu amuleto bem esfregado
minha moeda de leite minha moeda de troca no pesadelo
meu raio solúvel na água da torneira da minha confiança meu
zero fácil
minha continuação minha rosa estrangeira minha recta crua
minha grande festa o grande drama é este sou eu este lado de tudo

SABOTAGEM

A identidade de Euler é indiscutivelmente mais bela que o binómio de Newton
O que há é pouca Vénus de Milo para varrer isso tudo para bem longe

Pode ser que o vento lá fora

MANHÃS

Faltam manhãs à minha vida

Não é drama nenhum
também faltam gansos

mas a manhã não é só a manhã —
a penugem das horas, as consequências
os preparativos, as adstringências —

é a saúde azul da luz
uma grande abertura
a brava brancura do vigor
contra a neura das noites
contra a neurose das tardes
contra o camião menino em meus braços
tão desadequado
e é ainda não ser tarde para quase nada

a manhã não é só a manhã —
escola e trabalho
cona do caralho
(triste analogia esta
que realmente não podia ofender mais

as escolas e os trabalhos
das conas e dos caralhos) —

é as gentes estarem no que poderiam ser
(toda a gente é doutro mundo
não sabes o que perdes)
antes de semeadas no dia enquanto gânglios do caos
pedras carentes de imobilidade
balas de breu

Faltam gansos à minha vida

Não seria grave
se não me faltassem manhãs
para os receber

A FEIÇÃO CLÁSSICA DE ZORN

Daqui ninguém levará gestas dos fogos-fátuos dos lusco-fuscos
nem marfins escorridos ao longo do lombo largo da arte da demora
nem a demora da arte

Leves mãos lestas e precisas deslocam pequeníssimos cubos de madeira
cubinhos de filme
da sombra para a luz e da luz para dentro
do rubor rubro

Caleidoscópio de maneiras omnivorazes, música de câmara
nas câmaras, antecâmaras e subcâmaras da noite recém-geométrica
eleita de entre as cento e vinte noites alojadas nos favos
poros doces da nossa perplexidade

São afinal complicadíssimas peças de giz magicamente dispostas
pelos cento e vinte compartimentos do guarda-jóias que se anima
asinha desmanchadas no fatídico degrau
que também se desfarela a rir atrás da portinhola
como um torrão de açúcar dissolvido no harpejo tépido
logo agora que ia ser notícia o seu segredo à derme das águas
inscrever-se o número de ouro na sua chave de ferro pentagoniada

A floresta é a floresta é a floresta encantada, perturbada
seus voluptuosos encadeamentos de braseiros, fadas e arcanos
seus ancestrais jogos de subtilezas entre as folhas da cor

O festim pagão é varrido por mimosos deleites sacrificiais
seguidos de mil fotocópias de um gato preto, lustros televisivos,
    balidos, lama

Abençoadas chicotadas no século que agora começa
imerso no formol da paz podre positiva e da perfeita saúde
até ao grito
até ao escombro
até ao escombro do escombro:
ombro, bigode, cartoon!

Recolheu súbito o escaninho onde vislumbraste o teu inestimável
    totem contra o mundo
assim reestabelecendo a planura asséptica da incomensurável torre
    de tombos
e a tua fragilidade

Investido de soberba inverosímil nitidez
produzindo o desmaio colectivo dos mais fortes
o Ouroboros acaba o que tinha começado

As mãos mexem, amassam no invisível os objectos mais empolgantes
mãos movimentadas que sabem
jogam tudo em minúcias abandonadas pelas paisagens

A abordagem é agora puramente estratégica:
charadas e surpresas!

Dos restos de cavername ergue-se um castelo por cima do tempo
logo de antemão meticulosamente ladrilhado com dentes humanos
obviamente imperfeitos

Um instante de pão, de silêncio
desabotoa a aparição de uma fugaz figura delirante às tranças
brinca, espirala e expira
com alegria
inesquecível como um pássaro do paraíso

E quando os mais delicados pormenores se reúnem na noite
e ainda lhe adensem a atmosfera em torno dos misteriosos passos
configuram e encostam finalmente a jóia à nossa intimidade
delícia quente de uma querida cor perdida antes do caos

ANACRÓNICA EM VERSO

Tenho sonhado
muitas vezes
com jovens lavadeiras
à beira do tanque
esfregando a roupa
com sabão
sem ela

ASTRONOMIA

1. Estrelas tão longe
que nem existem — senão aqui
tão longe delas

2. A vossa paixão jovens namorados
a qual julgais à prova de todas as provações
no dia em que os astros deixem de sentir uns pelos outros
essa atracção irresistível que deveras sentem
lá vai namorados em flor a vossa paixão pelos ares

3. À ubiquidade da obsolescência da cartografia celeste returcamos —
argonautas (metafóricos e não) conduzidos por luzeiros mortos —
que os astrolábios sempre foram muito melhores do que a verdade

4. Fizemos sete mil anos-luz
sujeitando-nos a medonhas borrascas siderais
para reerguer os Pilares da Criação

Foi para isto que viemos?
perguntámos

Foi para isto que viemos?
respondemos

5. Alijemos um pouco o fardo de Sir Isaac Newton
suspendamos por um instante a gravidade que a gravidade tem
e com os pés bem assentes no chão
atentemos nesta conjectura sibilina:

Com efeito e com razão
o fruto predilecto de Sir Isaac Newton
pode muito bem ter sido o melão
ou a tangerina

6. Senta no colo a tua estrela
e fala-lhe da sua infância
enquanto lhe afagas o pêlo

7. Daqui a cinco mil milhões de anos sorriremos disto
aconchegados no esqueleto olímpico e frio do sol

SEMEADURA

Grandes extensões de terra arável
onde medre bem a labareda
com duzentas mãos na partitura —

na escola
na literatura

Grandes extensões de terra fértil
onde plantar impiedosos animais vermelhos
com naturais propensões para a destruição —

bombas
paixão

músculos
altura

ÀQUELA QUE SE UPA NOITE

Por baixo dos teus olhos
passa às vezes um segredo
por baixo dos meus olhos

como um submarino debaixo de água
como uma toupeira por dentro da terra —

nunca foram vistos juntos
nunca se encontrarão

EMPAREDADO & COMPANHIA COSMICIDA

Os deuses, adormecidos, vão recuperar a atenção
do homem livre. A curiosidade e a crença florirão.

AS PROFECIAS DE ABDUL VARETTI

Meu amigo:
recebi ontem a tua carta
mas só hoje me pareceu bem aberta

Tem-me feito bronco o sono
e o sono piora porque melhora a desconfiança
e não se deseja saúde à ameaça do mal

Entre o sono e a vigília é lançado no escuro esse cavalo
que devolverá ao mundo as suas cores desaparecidas
e quando o seu triunfo menos parecer propenso a florir nas cús-
pides das vergônteas
não restará na vida sinal dos corantes que a revestem e mascaram
a saber:
vocação, vocabulário, o mito da morte, aspirações sociais diversas
sempre muito longe de Deus
levado por Espinosa a ver os homens, as mulheres e as crianças

Apostei tudo nesse cavalo
Isto não mói mas mata

por isso to largo e mo livro
e no gozo Deus te não tenha
rezo
haja quem ensine meu dedo a seres velho

Eis que cem bocarras bárbaras em menos de um segundo
devoram selvaticamente tudo o que até aqui te disse
até ao caroço muito íntimo que é a nossa sorte poética

Não te aqueças demasiado em suspeições alheias
Nome é roupa
palavra é roupa
Deixa que te recomende antes o silêncio de um bom agasalho —
calar é estar capaz

Depois vem a música
líquido a dormir em esparsos raciocínios de Novalis sob o láudano
música fina, industriosamente recortada com diamante
grande e cor-de-rosa, de uma amplidão cerebral

Colocando-a num prato de balança
e no outro a mais perfeita abstracção de nós próprios
seria possível observar-se uma igualdade exacta
como não há entre duas árvores, dois dias, dois olhos gémeos
duas flores de laranjeira, dois bonés pretos, duas pedras —
como tu bem sabes
nem mesmo o tesão de um dia de chuva é igual ao de ter dormido
pouco

Ando com vontade de deixar o tutti-frutti desta safra desgovernada
fixar-me talvez em cambiantes de lima-limão
Tu que és a minha moral me dirás se o logro é decente

Eu, pessoalmente, entre sono e vigília emparedado e livre
converso animadamente com Tepeu e Q'uq'umatz no mar primeiro
rodeado pela mesma claridade que os rodeia
deliciado e estarrecido
tão confuso quanto esclarecido
como a formiga na terra do canteiro

> Um átomo saltita de objecto em objecto a toda a largura da eternidade

E finalmente encontramo-nos nas varandas sapienciais do sono
edificada espodumena por entre fiambres de luz
com vista para muitas eras e multidões timbradas
do nosso nascimento (elegantíssimo, não haja dúvida)
ao acordar das águas mágicas que afluem no curso da existência
nos hiatos entre silêncios gelados e memórias gritantes
à beira da desistida estrada para o que somos
agarrados às coisas mais insignificantes
um ideal ou um castanheiro, não importa
uma molécula descomunal de amor, não importa
coisas afinal ainda saborosas, inteiras
coisas que ficaram na esponja dos sonhos

> Um rato passa por baixo da eternidade
> um rato passa discretamente
> por baixo da eternidade

Fui para o inferno
mas não voltei de mãos vazias
Ainda assim
preferia não ter ido

Felizmente nunca me esqueci do que o meu mestre nunca disse:
já vai longo o teu lamento
e continuas do mesmo tamanho

Preferia não ter voltado

Eu durmo, ele escreve —
o impostor!

Sem dúvida que neste momento sou eu
sou eu grandemente a razão de ser dos meus antepassados
sou eu mesmo na ponta desta caprichosa serpentina das épocas

O pássaro desloca-se directamente sobre o mapa!

Tenho sonhado frequentemente com o fim dos meus poderes
que enrasco a força e o correr
Transe-me o fóssil do devir
Não pensar outra coisa é que já me aperta a casca da noz
e bem sabes como elas são frágeis
como quebram subitamente
sem deformação
sem aviso
E por dentro os miolos!

Tu nunca viste uma verdade nua
Ora pensa
e observa agora como nem esta é excepção

Uma fechadura é uma abertura
responde-me o teu cândido optimismo
sem que contudo me promova junto dos gozos do seu império

Está certo assim
a felicidade é a mais perniciosa das drogas duras
não queiras infundi-la nos meus exageros

Talvez até componha amanhã o meu templo de angústia
onde possa abrigar-me nas horas de excessiva euforia

Soma-se que aqui mesmo o escuro escuta os meus empates
e logo os avoluma
Cerberus permanece em guarda a todos os portões
Chove mais do que é preciso
Este lado da barricada é o outro lado de todos os prestígios —
primeiro do mal da tolerância (que é um incêndio)
e depois do mal do fogo (que é um bem) —
a escolha nunca foi tão óbvia, tão única, tão antipática
já vem ferida

Viste tu as rugas de Deus?
como se desdobravam lentas sobre a Terra?
e como se introduziam lentas no piano dos povos?

Não faças caso
vai pelo lado solar
até a esta sugestão adoravelmente perigosa:
nada é bom, nada é mau
tudo é natural
só o que é natural existe e acontece

Adivinho-te indagações e vacas no postal vindouro, gosto das vacas:
o guardador de rebanhos não teria não sido, summa summarum
um abominável reaccionário?

O paradoxo da certeza inviolável é mesmo isto, concordarás —
termos que lhe arrancar as vísceras para acolhê-las em nosso ser

Por fim, a poucos metros, pisada a folha seca
a extremidade de um dedo aparentemente inofensivo
toca levemente o corpo devoluto
e então uma irreprimível diarreia surpreende os corpos celestes
as mãos muito abertas de tudo
inclinadas e matemáticas

Aquele abraço!
aquele e não outro
sempre o mesmo abraço, meu amigo

Havemos de organizar um grande piquenique cósmico
com churrasco, pão-de-ló e rolas molhadas em malvasia
e depois de uma aguardente com o meu professor preferido

que é o cadáver dum sádico imbecil, ignorante e loquaz
hei-de escovar os cabelos do Universo até que adormeça
concluído e apaziguado

Nunca o saberás

VOLTAS A MOTE DE LUÍS MIGUEL ROSA

O dia e a noite deixarão de opôr-se. A sua raiz comum na imaginação será reconhecida.

AS PROFECIAS DE ABDUL VARETTI

O que o girassol aprendeu do sol
o que a noite aprendeu do gato
foi o que no sol ficou do girassol
o que no gato ficou da noite

Ainda o girassol me ofereça a prenda da sua atenção
a noite passe a girar na minha direcção
muito que perdendo vão as velhas aparências
sob o recém-signo vivo do mimetismo novo
e para cabeça adoptando uma só comparável à que eu carrego —
nenhum contacto
nenhuma grande lição

O silêncio dos olhos queimados pelo ouro
miniatural alucínio, estas palavras todas roubadas
navalha amante, covas às pazadas, finas fatias de filme
lupas mil, o que o gato escondeu da noite
enquanto ia passando por amores proibidos

as imagens felizes da poesia — porquê
outras?

Quem foi o labrego
que concedeu à realidade o direito de ser um sonho
maior do que os outros?
e com aquela embófia! e com aquela empáfia!
e com aquela prosápia! e com aquela bazófia!

Cof cof —
No cadinho do olhar
o precipitado de tão aturados exames do Universo
corusca bem legível: uma desolação
prestes a crepitar de riso

De que cor será essa bela frase que abandona o mundo
que deixa o mundo conhecido pregado ao chão

totalmente certo ou errado

BALADA DO ANCIÃO

Tenho vinte mil anos de idade
já não sou nenhuma criança

Se me procuras e já perdeste a esperança
segue essas longas barbas ferrugentas
que se arrastam pelas ruas da cidade

estou no fim

Quando finalmente me vieres encontrar
muito depois das vinte mil estrelas
diz-me então as palavras mágicas

há vinte mil anos que morro de não sabê-las

A POLÍTICA E OS ANIMAIS

Gatos
indiferentes a qualquer regime

Cães
alheios a qualquer revolução

Passarinhos
cantando e cagando os toldos das mercearias
e todas as estátuas em vão

Galinhas
umas chocando
outras não

os ovos —

brevemente nos coquetiers

argênteos
de salão

Doutrinas em vitrinas sem latrinas
saídas todas do mesmo cágado aleijado

DESAMBIGUAÇÃO SENTIMENTAL

Eu queria pôr-te em cima de uma nuvem cor-de-rosa
e empurrar-te

Eu gostava que o teu avião se despenhasse
sobre o mais deslumbrante campo de papoilas
que querias ter sonhado

Num ou noutro caso
espero que atravesses muito céu

Subtrair-te à espinha um disco cartilagíneo
pô-lo a tocar todas as manhãs
para disfarçar a pieira dos autocarros
e poder beijar-te os olhos
com um pano

Nutro por ti um ódio mágico
Fora isso, sou autofágico

Fretei o avião que te leva pelos céus de anis
capturei por fim o albatroz que te não traz

Eu fui o pau de giz e tu o quadro de ardósia
na grande lição que demos ao mundo sobre paixão

mas o giz era preto
o mundo era o chão

Para ti
poucas que sejam
todas as flores castanhas da Terra

E que a tua cabeça se encha de vozes
Não te desejo loucura mas
o encanto dos madrigais de Banchieri
as missas de Gesualdo
os pairares branquíssimos de Hildegarda

(à falta de canais para a erudição
as Chordettes também dão
aquela tuttifruição!)

Por teu sossego te direi pois tanto quanto lembro:
todos os poemas de amor são fictícios

Guardo o grito num pulmão
e no outro a canção

O MISTÉRIO DO MEDO

O sono e a morte serão mais uma vez equiparados.
O homem aprenderá a morrer.

AS PROFECIAS DE ABDUL VARETTI

Parece que afinal o medo
que afinal era um boi azedo
te fez pouco parecido contigo
(ou comigo um tanto parecido?)
com uns pozinhos de perlimpimpim
que noutro mundo sacudiu
duns lusco-fuscos de cetim

Descreve essa espada um arco espantoso
por sobre o continente conhecido
Mesmo tão-só curva sem espada
desfere bafos rentes à garganta gelada

Não é medo de tudo
conquanto cagando em estimativa e estudo
não declinas um bom naco de bravata
dando em marrar contra a locomotiva
cego, surdo e mudo
como uma batata

Tive eu hoje o extremo bom gosto
de confortar um homem morto na via pública:
Sossega, meu querido malquisto
tu não te vais lembrar disto

TELEOLOGIA

Antes peixe fluente na água
que o destino arrancado a ferros
Antes o lobisomem
no olho-de-boi
que a estrada de olho no fim
Antes água calada
água sagaz e carmim
Antes a volúpia
camaralêntida e doce
dum pote de mel tombado
desenroscado o seu desígnio
e lançado ao mapa
Antes o mapa
varrido da face da Terra
Antes agora que à hora
abandonado o ancinho na data

ENIGMA

As obras de arte terão uma existência exclusivamente lúdica. A experiência directa, dos vários mundos, suprirá com enigmas e presenças.

AS PROFECIAS DE ABDUL VARETTI

Tenho na minha praia torpedos japoneses ainda molhados
(não tive coragem de verificar — como com certeza verificaria —
terem sido realmente pilotados a partir de dentro)

Tenho na minha imensa praia — tão imensa que não tem mar —
um mostruário com corais que o mistério das funduras emudeceu
cegos como eu que os roubo à Royal Criação de Tepeu
surdos como eu que os colho da Grand Verdade Feérica

Deito na minha praia ondas importadas da América
e colecciono os destroços mais raros do Bojador

Estou vendedor

Só me falta uma praia minha
mais nela tudo isto e uma mulher para expor
nua no areal desta adivinha

O PARAÍSO PERDIDO

Infância, campeã da loucura, com relógios a carvão
docemente pousados num deserto que nem as bombas procuram

Loucura briosa, insanidade infante com mãos de água despenteada
com mãos de água atrasada na fogueira, nas traseiras do mundo
que arrefecem tão depressa

Infância profanada por candeeiros vertidos sobre os montes
por relógios ensanguentados
relógios compridos que se alongam pelos pescoços do espaço —
eis a minha anomalia, obrigado

Demência sagrada, sagrada inocência com dedos de colorir
passeio admirável pelas sombras sólidas da conduta vigente
entre olhares e lança-chamas
sobre terras grávidas e luzidias, através das sebes de pão
na metade diurna do mundo
rosnando meigamente
rasgando num espaço excepcional da intriga humana
delgadíssimas discretas fissuras
donde tão misteriosamente silenciosas saem
as retroescavadoras do nosso maior pesadelo

Tivesse alguém escrito uma carta destinada ao próprio corpo
protestando eu não me escolhi!
e este lhe endereçasse resposta caligraficamente ilegível
embora surpreendentemente extensa
porventura atenciosa (quem sabe?)
quem sabe se esta luz dura não traria acima das pregas do mar
palácios de cânfora tão vibrantes quanto as horas do brincar
ou uma maneira de lhes comparecer
e a todos os outros quantos vos esqueceram
uma maneira absolutamente galáctica
desavergonhadamente gloriosa e escarlate
tão mais inigualável quanto menos se demorasse
nessa seara puxada de debaixo do tempo
como um tapete
e onde nada se perdera —
nem mesmo o brinquedo da nossa inconsistência
zeitkristall, douda cousa, caveira em miniatura
nestas mãos que abrem logo ao meio qualquer coisa achem impura
e enfiam no breu dos bolsos os seus lustrosos cismas

Infância, verbo tão tenro, bingo da imprudência
com pés de chuva miudinha, de passos decisivos
ora transparentes e rápidos
como nesgas entre os ramos
ora lindas e demoradas clareiras na floresta da sensatez

Dias passados, semanas, meses, anos (não sei)
sobre o silêncio do coração do rouxinol adormecido num pormenor

reconheço o meu signo por trás do balcão
Enche de sangue (de quem?) o corno do rinoceronte
e de orvalho de amendoeira uma malga de pedra
Dá-me a escolher entre o passado e a loucura, convencionemos
imperativo como a minha fúria —
fossem minhas minhas mãos
e eu sempre criança

Com que mãos
apanhar as mãos?

Mudar
só muda o pó
(de lugar)

Saio rápido à procura do corpo da minha vida inteira
ainda que há muitos séculos indubitavelmente o saiba
tranquilamente aninhado na axila do Universo

A BACIA DE JOHN WAYNE

John Wayne
encontrando-se no Pólo Norte
aquando do sonho de João de Deus
mexia maravilhosamente a bacia
de John Wayne

John Wayne
encontrando-se no Pólo Norte
de olhos vendados
por esta altura do ano
ignora
se por lá pernoita
se por lá perdia

e já nem prega olho
por não saber
que sul escolher

OUTRO

Traz-me lá da terra uma maçaroca
de pequenas verdades — antes essas
que estes cactos de palavras novas
espalhados pelo deserto das cidades

E faz o favor de me devolver
os instrumentos — os rudimentos
com que eu sabia viver —
ir molhando o pão no tempo e gostar

NOTAS

Este livro contém alusões à obra, ou citações menos explícitas no texto, por vezes deturpadas, de Luís Vaz de Camões, Friedrich Nietzsche, André Breton, Marcel Proust, João N. Almeida, António Pocinho, Mark Sandman, Frank Zappa, Isidore Ducasse, Ramon Llull, Jorge Sousa Braga, Mário Cesariny, Alejandro Jodorowsky, Syd Barrett, Álvaro de Campos, Gene Stashuk, Cesário Verde e João César Monteiro. Na transcrição das epígrafes de Álvaro Lapa, a ortografia e a sintaxe são, por fidelidade, as empregadas nos trabalhos originais.

ÍNDICE

Intro.... 5
Alvitre.... 6
Vasos comunicantes.... 7
Moral da História.... 11
Olha.... 12
Uma baga de Debussy.... 13
Lotação.... 15
Soneto.... 16
A lâmpada entornada.... 17
Bunker.... 22
O mistério do riso.... 23
Leitura de Stefan Zweig.... 25
Crime doméstico.... 26
Chegar pela primeira vez.... 27
Antes do caos.... 28
Have a lucky day.... 31
Os homens raros.... 32
O mistério do tempo.... 38
O grande tempo e o pequeno tempo.... 39
•.... 42
Doppelgänger & doppelgänger.... 45
Bastidores.... 46
A autoria em discussão.... 48

Cábula de etimologia ugarítica 49
Epifania Comaneci 50
Alucinogénesis 51
Voltas a mote de Henri Michaux 52
Interlúdio 53
Homenagem a Zenão de Eleia 54
Folha de salgueiro 56
7 58
Insurreição 59
Anatomia do cativo 60
Risquinho observado à lupa 62
Um mapa perdido 65
Grande número 67
O sonho de Pompeia 70
A musa que se mexe 72
Minha vida 74
Sabotagem 78
Manhãs 79
A feição clássica de Zorn 82
Anacrónica em verso 84
Astronomia 85
Semeadura 87
Àquela que se upa noite 88
Emparedado & companhia cosmicida 89
Voltas a mote de Luís Miguel Rosa 96
Balada do ancião 98
A política e os animais 99
Desambiguação sentimental 100
O mistério do medo 102

Teleologia 104
Enigma 105
O paraíso perdido 106
A bacia de John Wayne 109
Outro 110

Notas 111